PHILISTÉE, PASTORALE.

DE L'INVENTION du Sieur d'AVES.

A ROVEN,

Par DAVID DV PETIT VAL, Imprimeur ordinaire du Roy.

M. DC. XXVII.

A NOBLE ET VERTVEVSE *Dame* RENÉE *de Rouxel de Médauy, Marquise de la Londe.*

MADAME,

Cette Bergere estoit presque resoluë de demeurer dans la solitude sans se faire voir au monde, apprehendant les diuers accidens qu'vne personne de sa condition y peut courre, n'estant le plus souuent estimée que de peu de gens: Lors que ie luy ay representé que ce peu suffit, pourueu qu'ils soyent releuez de merite & d'vn bel esprit, tel que le Ciel vous a fauorisée, MADAME, subjet qui luy fait se donner à vous, & voir la lumiere sous le soleil de vostre nom, l'ayant asseurée que vous la regarderez de bon œil en faueur de son Autheur qui a tousiours esté & est,

MADAME,

Vostre tres-humble seruiteur,
D'AYES.

LES ACTEVRS.

Partenis	*Berger.*
Crisis	*Berger.*
Philistée	*Bergere.*
Leonitte	*Bergere.*
Hermon	*Berger.*
Demonax	*Magicien.*
Les Demons.	

EGRAME.

Il faut, Lecteur, que ie te die
Que ie demeure en Normandie:
Le lieu de ma Natiuité
Est prés Faleze, du côté
Où le Soleil commence à luire
A l'opposite de Zéfire.

PHILISTE'E, PASTORALE.

ACTE I.

PARTENIS, CRISIS, PHILISTE'E, LEONITTE.

SCENE I.

PARTENIS ET CRISIS.

Partenis.

C'Est de ce coup que ie suis attrapé,
Apres auoir longuement échapé
Deuant amour qui courant bien plus vite,
Sans y penser m'a prins à l'improuiste
Par les attraits d'vne ieune beauté,
De qui iamais l'on ne se fut douté,
Et ce d'autant que depuis qu'elle est née
Elle n'atteint que la douziéme année.

Crisis.

Tant mieux pour vous, & voicy ma raison,
C'est qu'elle estant encore en la saison
De son enfance elle a moins d'artifice,
Et pourrez mieux vous la rendre propice.

Partenis.

Croyant cela vous estes abusé,
Certes leur sexe en tout aage est rusé.

Crisis.

Vous m'auoürez qu'en si tendre ieunesse
Elle ne peut auoir grande finesse,
Car pour l'auoir, c'est de necessité
Qu'il faut tres-bien estre experimenté.

Partenis.

Comme l'on voit que la sage nature
Donne en naissant à chaque creature
Certain instinc, qui fait qu'elle poursuit
Son propre bien & son contraire fuit:
Ainsi, Crisis, à la femme volage
Elle a donné l'artifice en partage,
Si bien qu'il n'est aucunement besoin
Qu'à luy monstrer on prenne quelque soin.

Crisis.

Certes ce poinct est hors de controuerse:
Mais comme on voit la nature diuerse
Ne donner pas mesme temperament
A mesme espece, ains fort diuersement:
Ainsi ie dy que le Ciel peut bien faire
Qu'on trouuera quelque ame debonnaire
Parmy leur sexe a qui nostre amitié
Et nos trauaux pourront faire pitié,
Mais aussi vray c'est une chose rare
Et qu'à bon droit au phœnix l'on compare.

Partenis.

C'est le subiect, mon cher Crisis, pourquoy
Tant que i'ay peu i'ay detesté la loy
De Cupidon, redoutant le seruage
Ou malgré-moy maintenant il m'engage,
Encor le pis & qui plus fort me cuit,

C'est que ie suis à mon malheur reduit
De rechercher la fille trop aimable
D'vn qui me hait d'vne haine implacable.

Crisis.

Tres-mal pour vous, mais dites-moy son nom.

Partenis.

Il en a deux, c'est l'auare Hermon.

Crisis.

Certainement vous aurez bien affaire
A le gaigner, c'est vn homme seuere
Et qui ne sçait que c'est d'honnesteté,
Ne sentant rien que sa rusticité.

Partenis.

C'est mon malheur, s'il estoit honorable
Ie le pourrois gaigner par l'amiable.

Crisis.

Autant vaudroit aller prescher Minos
De conceder aux damnez du repos.

Partenis.

Par la morbleu vous me la baillez belle
De me dépeindre vne humeur si cruelle,
Donc le moyen de pouuoir paruenir
A mon desir, quel chemin y tenir?

Crisis.

Si ie croyois qu'il fust possible encore
De refroidir l'ardeur qui vous deuore,
En bon amy ie vous conseillerois
De secoüer les amoureuses lois.

Crisis.

Il n'est plus temps ma playe est incurable.

Partenis.

Que n'estes-vous à mon humeur semblable.

Crisis.

Ie le voudrois.

Crisis.

Ce seroit vostre bien,
Auiourd'huy tout, puis demain n'aimer rien:
Voilà comment ie traite uos Bergeres
Qui bien souuent sont plus que moy legeres.

Partenis.

Que ie voudrois vous pouuoir imiter,
Mais ie ne puis, i'ay beau m'en dépiter,
L'astre fatal sous qui i'ay pris naissance
M'a voulu faire vn patron de constance,
Ie ne me pleuz oncques au changement,
Mon amitié persiste fermement.

Crisis.

I'approuue fort vne amitié durable,
Mais en amour estre vn peu variable
Ie ne croy pas commettre vn grand peché,
Et peu m'en chaut de m'en voir reproché:
Mais reuenons ore à ce qui vous touche,
L'inuention d'adoucir ce farouche.

Partenis.

Ie n'en sçay rien.

Crisis.

Ie me viens d'auiser
Que le meilleur sera de courtiser
Vostre Maistresse, & tascher à luy plaire,
Comme le point dessus tous necessaire:
Car en cet aage où maintenant elle est,
Si vostre amour d'auanture luy plaist,
Asseurément qu'en dépit de son pere
Vous la verrez vous faire grande chere:
Il reste donc l'occasion chercher
De luy parler & d'amour la toucher,
Qui bien commence a, dit on, bonne issuë
De l'entreprise en son ame conceuë.

Partenis.

Vous dites vray, mais tel commencement
Ne s'offre pas tousiours facilement,
Encor à moy que Hermon, vray sauuage,
Va hayssant d'une implacable rage,
S'il oyt parler à quelque discoureur
Que ie sois pris de sa fille mon cœur,
Asseurez vous que tousiours aupres d'elle
On le verra faire la sentinelle.

Crisis.

Pour ce il vous faut gouuerner prudemment
Ne faisant rien qu'auecques iugement,
Mais s'il vous plaist prenez un peu la peine
De me conter d'où prouient vostre haine.

Partenis.

Vous le sçaurez en fort peu de discours,
Desia trois ans ont acheué leurs cours
Depuis le iour qu'vne prompte querelle
Fist naistre en luy cette haine mortelle,
Dont le subiect certes est bien leger:
Comme il iouoit auecques vn Berger
De mes amis, qui gaigna trois oboles
De son argent, ils vindrent aux paroles
Et puis aux mains, moy luy voyant charger
Ce mien amy, i'allé le dégager
De dessous luy qui l'auoit mis par terre,
Et le frappoit auecques une pierre,
Il eut tel dueil de se le voir recous
Qu'il m'attaqua transporté de courous,
Me desserrant bien verd sur les oreilles,
Mais tost apres il eut billes pareilles,
Car luy sautant au collet rudement,
Ie l'étrillé certes honnestement,
Si que depuis il m'abhorre & deteste

Plus mille fois que la mortelle peste.

Crisis.

Il faut tascher de vous rapatrier,
Ie le veux voir afin de l'en prier.

SCENE II.

PHILISTÉE, LEONITTE, PARTENIS ET CRISIS.

Philistée.

SAns plus tarder allons chere compagne
Voir nos brebis qui sont en la campagne,
Que de plaisir d'aller ce promener
Si nous auions quelqu'vn à nous mener.

Leonitte.

Ne craignez point, nous irons bien seulletes,
Armons nos mains de nos fortes houllettes:
Menons aussi nos chiens auecques nous
Pour nous garder de la fureur des loups.

Philistée.

Il sera bon, bien que vous pensez rire,
Mais sçauez-vous qui fait que ie desire
Auoir quelqu'vn ? pour aller deuisant
Sur le chemin d'vn entretien plaisant.

Leonitte.

N'ay-ie donc point le discours agréable?
En voulez vous qui soit plus delectable?
Vrayment ie veux vous le faire éprouuer,
Vous faisant rire assez pour en creuer.

Philistée.

Non s'il vous plaist ie n'en ay pas d'enuie,
Ie veux encor me conseruer la vie

Si vos discours ont vn si grand pouuoir,
Ne dites mot de peur de m'émouuoir,
Ie vous suplie honorez le silence:
Vrayment, vrayment i'en aurois quand i'y pense.

Leonitte.

Doncques au lieu de vous faire creuer
Ie vous feray vos chausses abreuuer,
Cela s'entend de l'effort de trop rire,
Or de ces deux ne prenez pas le pire.

Philistée.

Vous m'en baillez, mais le dernier vaut mieux,
I'en ris si fort que l'eau m'en vient aux yeux,
Tréue ma sœur vos bons mots ont des charmes
Qui me feroient submerger en mes larmes.

Leonitte.

Ie le veux bien cependant que ie voy
Venir vers nous deux Pasteurs que ie croy.

Philistée.

Ne sont-ils point de nostre cognoissance.

Leonitte.

Ouy, celuy-là qui tant soit peu s'auance
Et vient à nous, se nomme Partenis,
L'autre Crisis frere du beau Dafnis.

Philistée.

Si Partenis pour nous parler s'arreste
A m'en aller me voila toute preste.

Leonitte.

L'occasion.

Philistée.

C'est que ie n'oserois
De mon bon pere outrepasser les lois,
Il n'ayme pas ce Pasteur ie vous iure,
Pour en auoir reçeu certaine iniure.

Leonitte.

Ils sont trop prés pour leur tourner le dos,
Pour cette fois écoutons leurs propos.

Partenis.

Les deitez nous sont bien fauorables
De rencontrer deux obiets tant aimables.

Leonitte.

Vrayment Pasteur vous nous obligez fort
De nous gausser dés le premier abord.

Partenis.

Ie ne sçeuz onc que c'est de gosserie,
Ny moins encor vser de flaterie.

Philistée.

Si ne sçaurois-ie autrement appeller
Vostre discours sinon nous cajoller.

Partenis.

Par les effets vous verrez le contraire.

Philistée.

Non Berger, non il n'est point necessaire.

Crisis.

Si Philistée, afin de vous oster
A l'auenir tout subiect d'en douter.

Philistée.

Passez chemin Pasteurs ie vous coniure,
Et nous laissez suiure nostre auanture.

Partenis.

Doncques ainsi vous nous voulez chasser?

Crisis.

Ce seroit trop de rigueur exercer.

Philistée.

Nous ne pouuons demeurer dauantage,
Car il nous faut aller au pâturage
Voir nos brebis, ma compagne partons.

Partenis.

Nous allons voir de mesme nos moutons.

Philistée.

Marchez deuant & nous irons derriere.

Crisis.

Vous nous traitez d'vne façon altiere.

Leonitte.

Nous ne pouuons autrement en vser.

Partenis.

C'est vn mespris que de nous refuser.

Leonitte.

Non Berger, non, plustost l'on vous honore.

Partenis.

Non, certes non; bien plustost l'on m'abhorre.

Leonitte.

Ie vous proteste au moins que ce n'est moy.

Partenis.

C'est Philistée, au moins comme ie croy,
Elle se taist, asseuré tesmoignage
Que quelque dueil loge dans son courage.

Philistée.

En verité ie ne sçaurois cherir
Vn qui mon pere vn iour voulut ferir.

Partenis.

Si i'ay commis en cela quelque offence
Ie suis tout prest d'en faire penitence,
Bien que ce fust en mon corps défendant,
Mais pour l'amour à tout i'iré cedant.

Philistée.

Ie ne sçay pas ce que vous voulez dire.

Partenis.

Sçachez le donc, nuict & iour ie soûpire
Pour vostre amour, occasion pourquoy
Hermon aura contentement de moy.

Philistée.

Ie n'entens point vostre ambigu langage.

Partenis.

Ie suis épris de vostre beau visage
Dont les attraits m'ont si bien sçeu charmer,
Que ie me meurs helas ! pour vous aimer.

Philistée.

Vous mocquez vous ?

Partenis.

Non c'est chose certaine.

Philistée.

Or ie ne veux tomber en cette peine,
Si l'amitié va causant le trépas,
Ie la veux fuir plus viste que le pas,
Adieu Pasteurs, sauuons-nous Leonitte.

Crisis.

Elles s'en vont d'une course subitte,
Cette action veritablement sent
Encores bien son esprit innocent,
Qu'en croyez vous.

Partenis.

Ie n'en sçaurois que croire,
Du premier coup l'on n'a pas la victoire,
Vne autre fois nous pourrons mieux sçauoir
Si c'est de bon, adieu iusqu'au reuoir.

ACTE II.

HERMON, CRISIS, PARTENIS, LEONITTE.

SCENE I

CRISIS ET HERMON.

Hermon.

On dueil iamais n'aura bonne allegeance
Si ie n'en ay quelque iour la vengeance,
I'ay beau dormir, i'ay beau me diuertir,
Ie ne sçaurois ma rançœur amortir,
Elle est si bien dedans mon ame enclose
Que le long temps qui change toute chose
Ne m'en sçauroit rauir le souuenir,
Tant plus ie vay ie le sens reuenir,
Mesmes alors que regardant ma face
Dedans de l'eau, ie contemple la trace
Des rudes coups qu'il me vint imprimer,
Pour ce iamais ie ne sçaurois l'aimer:
Si ie le puis prendre à mon auantage
Ie le feray repentir de l'outrage
Que i'ay receu, ie l'ay desia guetté
Plus de cent fois dans un antre écarté

Où bien souuent tout seul il se vient rendre:
Mais c'est en vain ie ne l'ay peu surprendre,
Ie croy qu'il a quelque maudit demon
Qui l'auertit, mais mot, tais toy Hermon,
Voicy venir son plus cher camarade.

Crisis.

Bon iour Hermon, ie viens en ambassade
Par deuers vous, pour vous prier de pais
De la part d'vn qui vous veut desormais
Aimer sur tous.

Hermon.

Dites comme on le nomme.

Crisis.

C'est Partenis.

Hermon.

Ha ha, c'est donc mon homme?
Auroit-il bien ores quelque remors
De ce qu'il fist à ce mien pauure corps?

Crisis.

Ouy, son desir est de vous satisfaire,
Et vous aimer ainsi comme son pere.

Hermon.

Comme se fait vn si prompt changement
Veu qu'il m'alloit haissant grandement.

Crisis.

Non certes, non, n'ayez cette créance,
Et le passé mettez en oubliance,
Il m'a iuré qu'il n'auoit pas desir
De vous fascher ny faire déplaisir,
Lors qu'il vous fist cette marque au visage,
Mais vous voyant faire par trop d'outrage
A Philemon, pensant vous separer,
Il dit qu'vn coup vous luy vintes tirer
Si rudement, que ce fut bien merueilles

Qu'il ne luy mist à bas les deux oreilles,
Pour ce subiect il s'éprit de courous,
Et vous donna, ce dit-il, quelques coups.

Hermon.

Il m'en donna de si cruelle sorte,
Que vous voyez que la marque i'en porte,
Et me coûta pour me faire guerir
Vn de mes bœufs, ou ie puisse mourir,
Qu'il me le rende.

Crisis.

Il est bien raisonnable,
Apres cela luy serez vous traitable.

Hermon.

I'y penseray, mais cependant allez
Faire venir le bœuf, si vous voulez
Que nous soyons en bonne intelligence,
Ne tardez plus allez en diligence.

Crisis.

Asseurez-moy deuant mon partement.
Si vous aurez plus de resentiment.

Hermon.

Ie ne sçaurois ores que vous en dire,
Ayant le bœuf, cela vous doit suffire.

Crisis.

Ie vous entens, ie m'en vay le querir,
Ne vous bougez.

Hermon.

Il faudroit donc courir,
Car ie ne puis faire longue demeure.

Crisis.

Ie reuiendray viron dans vn quart d'heure.

Hermon.

Me voilà bien, ie n'eusse oncques pensé
De voir ainsi mon mal recompensé,

I'y gaigne encor vne assez bonne somme,
Car Menefron que sur tous on renomme,
Pour me guerir ne prit guere d'argent.

Crisis.

Hé bien Hermon? suis-ie pas diligent.

Hermon.

Ouy par ma foy, mais c'est à ne rien faire.

Crisis.

Si si Hermon, voicy vostre salaire,
Faites six pas & vous l'auiserez,
Et si ie croy que vous le priserez
Comme tres-bon.

Hermon.

Et de quel poil.

Crisis.

Rougeastre.
Allons le voir.

Hermon.

Hà, i'en suis idolatre,
O qu'il est beau, l'on n'eust sçeu desirer
Vn qui fust mieux, est-il propre à tirer?

Crisis.

Tres-excellent.

Hermon.

Il m'est fort agreable,
Adieu, ie vay le mener à l'estable.

Crisis.

Ce n'est pas tout, deuant que de partir
Vous aimez-vous, dites-moy sans mentir.

Hermon.

Adieu, i'ay haste, à la premiere veuë
Vous le sçaurez, ie vay à la charuë.

Crisis.

Non non, il faut que tout presentement

Ie sçache au vray tout vostre sentiment.

Hermon.

Vous me pressez d'une étrange maniere,
Vne autrefois

Crisis.

Auecques la priere
Que ie vous fais, ie vous promets encor
De vous donner ces quatre pieces d'or
Si vous voulez.

Hermon.

Adieux que ie vous aime.

Crisis.

Et Partenis.

Hermon.

Comme vn second moy-mesme.

Crisis.

Quand voulez-vous qu'il vienne pour vous voir.

Hermon.

Demain s'il veut il en a tout pouuoir,
Mais donnez moy tousiours cette monnoye.

Crisis.

Ie le veux-bien.

Hermon.

Or le Ciel vous doint ioye,
Adieu Crisis, ie suis du tout à vous.

Crisis.

Adieu Hermon. La morbleu qu'il est doux,
Voyez vn peu que l'or a de puissance,
Rien ne sçauroit luy faire resistance,
Sans luy iamais ie n'eusse eu la raison.
De cette auare, ô dangereux poison!

SCENE II.

PARTENIS, CRISIS, HERMON.

Partenis.

VOus dépaignez vn homme bien barbare
Et d'vne humeur étrangement auare,
Donc sans le bœuf d'argent accompagné,
Asseurément que i'estois dédaigné?
O le vilain, l'infame detestable,
En peut-on voir encores de semblable.

Crisis.

Ie croy que non, c'est vn second Midas,
D'or & de bien il fait seulement cas,
Soyez tout plein d'honneur & de merite,
En doux attraits soyez vne carite,
Si vous n'auez du bien abondamment
Il vous fera la mouë asseurément.

Partenis.

Pourroit-on point en auoir la victoire
En le faisant comme vne éponge boire.

Crisis.

Ie n'en sçay rien, il faudra le tenter,
Or de ce pas allons le visiter.

Partenis.

Allons Crisis, Dieu nous vueille conduire.

Crisis.

Voyez-vous bien le rustre se produire
Deuant son huys.

Partenis.

Il marche grauement.

Crisis.

Il ne faut pas à ce commencement
Luy découurir au clair vostre pensée,
Touchant l'amour dont elle est si preßée,
Il faut le voir premier cinq ou six fois.

Partenis.

Il sera bon, certes ie le pensois,
Or approchons, marchez, faites l'intrade,
Ie ris encor songeant à la gourmade.

Crisis.

Taisez-vous, mot, il pourroit vous ouyr,
Hermon, les dieux vous vueillent réiouyr,

Hermon.

Et vous außi Pasteurs.

Crisis.

Ie vous ameine
Mon compagnon.

Hermon.

Vous prenez trop de peine.

Partenis.

Bon iour Hermon, ie viens vous supplier
Bien humblement de vouloir oublier
Nos differens.

Hermon.

En vsant de la sorte
De bien bon cœur ie vous ouure ma porte,
Soyez tous deux les mieux que bien venus,
Et desormais pour mes amis tenus.

Partenis.

En me traittant auec telle franchise
Mon amitié vous est du tout acquise.

Hermon.

Ie ne veux plus desormais y penser.

Crisis.

Approchez-vous il vous faut embrasser.

Hermon.

Ie le veux bien.

Partenis.

Cà, que ie vous cherisse.

Crisis.

Qu'à l'auenir entre vous se nourrisse
Vne amitié de qui l'aimable cours
N'ait point de fin qu'en celle de vos iours.

Partenis.

Ainsi soit-il, certes ie le desire.

Hermon.

Si fais-ie moy.

Crisis.

L'on ne sçauroit mieux dire,
Ie vous honore & cheris grandement
D'auoir traitté si genereusement,
Voilà comment les gens de bien en vsent,
Qui le pardon demandé ne refusent.

Hermon.

Cela se doit imitant les grands dieux,
Dont la bonté pardonne aux vicieux.

Partenis à part soy.

Se souuenant encor de sa gourmade,
Sans doute il m'a tiré cette estocade,
Hé bien n'importe il faut patienter,
Ie ne viens pas pour le mécontenter.

Crisis.

Adieu Hermon, il ne faut dauantage
Vous détourner du soucy du mesnage.

Hermon.

Adieu Pasteurs, ie vais à mon labeur,
Vueille le Ciel t'ennoyer du malheur

Si tu pensois que iamais i'oubliasse
Mon déplaisir, & qu'ainsi ie pliasse
Tu te deçois, iusqu'au dernier soûpir
Tu ne verras ma rancune assoupir.

SCENE III.

CRISIS ET LEONITTE.

Crisis.

QVoy donc mon cœur autrefois si volage,
Et qui fuyoit de se mettre au seruage
D'vne beauté, sinon que feintement,
Est doncques pris ores asseurément?
Que i'ay de dueil, plustost que i'ay de honte
Que Cupidon à cette heure me dompte,
Apres auoir si long-temps resisté,
Et défendu ma chere liberté:
Sans doute c'est quelque Amante offencée
Qui contre-moy iustement courroucée
A fait priere au mignon de Cypris
Que de ses feux vn iour ie feusse épris,
Pour me punir de tant d'amours legeres
Dont ie trompois à tous coups les Bergeres:
Or ie suis pris il le faut auoüer,
Hier, pensant seulement me ioüer
Auec la belle & douce Leonitte
Ie fus charmé de son diuin merite,
Pource ie vay la trouuer librement,
Pour luy conter mon amoureux tourment:
Bon, ie la vois, ô Cieux, l'heureuse chance,
Abordons la d'vne gaye asseurance,
Mes vœux, le Ciel ont si bien sceu toucher

Que i'ay trouué ce que i'allois chercher.

Leonitte.

Et quoy Pasteur.

Crisis.

Vous ma douce Bergere,

Leonitte.

Vostre langue est grandement mensongere.

Crisis.

Pardonnez-moy ie dis la verité.

Leonitte.

L'occasion.

Crisis.

Vostre aimable beauté
Est le subiect, ie meurs pour l'amour d'elle.

Leonitte.

Allez, allez, inconstant, infidelle,
C'est bien hazard si vos traistres appas
Me peuuent rien, vous ne me tenez pas.

Crisis.

Qui va causant cette rude colere?
Vous me traitez ainsi qu'vn aduersaire,
Ce neanmoins ie n'euz onc le penser
De vous fascher ny de vous offencer.

Leonitte.

Ie prens ma part à l'offence publique,
De celles-là que vostre cœur inique
Trompe à tous coups, par vn trop lasche tour
Les abusant d'vn infidelle amour.

Crisis.

Ie ne suis tel que me dépeint vostre ire,
Ie suis constant quoy que l'on puisse dire.

Leonitte.

Ouy dea Berger, certes s'il est ainsi,
Le vent, la mer, le sont doncques aussi.

Crisis.

Crisis.

Comme vn rocher va resistant à l'onde,
Ainsi ie suis le plus ferme du monde.

Leonitte.

C'est donc depuis quatre iours seulement,
Car vous estiez le mesme changement
Deuant ce temps, tesmoins en sont Leose,
Isse, Dercette, Asterie & Merose,
Silne, Driode, Alcidame & Doris,
Periclimene & l'agreable Iris,
Naïs Albane Iphimenie, Helice,
Iphis Micille, Olene & Philodice,
Et mainte encor que ie ne veux nommer,
Ce qui me fait grandement vous blasmer.

Crisis.

Vous deueriez m'estimant dauantage,
M'en mieux aimer.

Leonitte.

O le plaisant langage!
L'occasion?

Crisis.

Ce d'autant que pour vous
I'ay secoüé vn seruage si dous.

Leonitte.

Me voila bien, mais que cette auanture
Deux ou trois iours tant seulement me dure,
Mais i'ay bien peur qu'au premier beau subiet
Que vous verrez vous perdiez mon obiet
Comme le leur, ne me croyant pas telle
Que ma beauté dessus la leur excelle.

Crisis.

Comme le Lys surpasse en pureté
Toutes les fleurs, ainsi vostre beauté
Dessus toute autre est la perle & l'vnique.

Leonitte.

Vous vous iettez dessus la retorique,
Adieu Crisis, ie m'en vay autre part,
Ie n'entens point les termes de cet art.

ACTE III.

PARTENIS, PHILISTE'E, CRISIS, HERMON, LEONITTE, DEMONAX.

SCENE I.

PHILISTE'E ET PARTENIS.

Philistée.

Ertes ie suis vne bonne deuine,
C'est Partenis qui vers moy s'achemine,
C'est ce mourant d'vn trespas amoureux,
Gaignons le haut, fuyons ce langoureux.

Partenis.

Belle Bergere obligez moy d'attendre.

Philistée.

Ie n'oserois, Pasteur, ie suis trop tendre
A prendre mal, pour ce retirez vous,
Ne m'approchez.

Partenis.

D'où prouient se couroux?

Philistée.

Puis qu'il vous plaist qu'à present ie le die,
C'est que i'ay peur de vostre maladie.

Partenis.

Ne craignez point, car maintenant ie suis
Sans aucun mal excepté mes ennuis,
Qui iour & nuict me trauaillent de sorte
Que ie ne sçay comme ie les supporte.

Philistée.

Dernierement ne me dites vous pas
Que vous mouriez d'vn amoureux trépas.

Partenis.

I'en meurs encor. & s'il faut vous le dire,
Tant plus ie vay ce mal cruel s'empire.

Philistée.

Ie m'en vay donc, ce sera pour le mieux,
Car puis qu'il est ainsi contagieux
Il me prendroit.

Partenis.

Demeurez ie vous prie,
Vous n'en pouuez ores estre meurtrie,
Ains bien plustost vous me pouuez guerir
Facilement sans danger encourir.

Philistée.

Ie n'entens rien en l'art de Medecine.

Partenis.

Vous le pouuez sans herbe ny racine.

Philistée.

Comment cela?

Partenis.

Quatre mots seulement
Que vous direz gueriront mon tourment.

Philistée.

Ie vous apprens, si c'est par art magique,
Que ie n'en sçay la maudite pratique.

Partenis.

Non belle, non, i'aimerois mieux mourir,
Que par cet art ma langueur secourir.

Philistée.

Declarez donc quels mots ont la puissance
De vous aider, donnez-m'en connoissance.

Partenis.

Or oyez les, puis dites apres moy,
Mon cher Pasteur ie vous donne ma foy.

Philistée.

Vous la donner? vous me la baillez belle,
Ie ne veux pas estre iamais sans elle,
Que diroit on? que ie serois sans foy,
L'on ne voudroit plus se fier en moy.

Partenis.

Cela s'entend me la bailler en gage.

Philistée.

Non s'il vous plaist.

Partenis.

Pour vn plus clair langage,
Escoutez donc, ayez de moy pitié,
Et me donnez vostre belle amitié.

Philistée.

Non non Berger, ie ne m'en puis défaire,
Comme la foy ie la tiens necessaire.

Partenis.

Que vous sert-elle.

Philistée.

Et ie sçay bien à quoy,
Pour aimer ceux que m'aimer i'aperçoy.

Partenis.

Aimez-moy donc puis que mon cœur vous aime
Mille fois plus qu'il ne fait pas soy-mesme.

Philistée.

Si vous m'aimez ie veux bien vous aimer,
Car autrement ie serois à blasmer,
Ouyda Pasteur, viuez en asseurance
Que vous auez ores ma bien-vueillance.

Partenis.

Que ie vous suis grandement obligé!

O que mon mal est beaucoup allegé.

Philistée.

I'en suis bien aise.

Partenis.

O parole agreable,
Dont la vertu sur toutes admirable
M'apporte encor vn grand soulagement.

Philistée.

Vous mocquez-vous?

Partenis.

Nenny certainement.

Philistée.

Donc ay ie dit les paroles puissantes
Qui vos douleurs rendent moins languissantes.

Partenis.

Vne partie.

Philistée.

En faut-il bien encor.

Partenis.

Rien plus que six qui vallent vn thresor
En mon endroit, s'il vous plaist de les dire
Ie gueriray de mon fascheux martire.

Philistée.

Nommez-les moy.

Partenis.

Dites, cher Partenis,
Nos cœurs d'amour ensemble soyent vnis.

Philistée.

Ie n'entens bien cet ambigu langage.

Partenis.

Aimez-moy donc d'amour de mariage.

Philistée.

C'est autre chose, il en faudroit parler
A mon bon pere, or il m'en faut aller,

Adieu Pasteur.

Partenis.

Adieu ma chere vie,
Diuin obiet dont mon ame est rauie,
Cela va bien, que ie m'en vay dispos
A mon Crisis rapporter ces propos,
Et le prier d'aller trouuer le pere
De ma gentille & parfaite Bergere.

SCENE II.

CRISIS ET HERMON.

Crisis.

Bon iour Hermon.

Hermon.

A vous aussi Pasteur.

Crisis.

Le grand dieu Pan nostre cher protecteur
Soit auec vous & tousiours vous benisse.

Hermon.

Pareil souhait en vous il accomplisse,
Or vous soyez le tres-bien arriué.

Crisis.

Et vous Hermon le mieux que bien trouué,
Sans perdre temps en beaucoup de langage
Sçachez à quoy vise ce mien voyage.

Hermon.

Dites Crisis, ie l'orré volontiers.

Crisis.

Certain Berger habitant nos cartiers,
Homme de bien & riche a suffisance,
Veut rechercher l'heur de vostre alliance,

Le bon renom & l'aimable beauté
De vostre fille, & vostre honnesteté,
Est le subiet sans plus qui l'y conuie.

Hermon.

Bien qu'à present ie n'eusse guere enuie
De marier ma fille, & la raison,
C'est qu'elle n'est encore en la saison
D'entrer au ioug du nopcier Hymenée,
Pour ne conter que sa treiziéme année,
Ce neanmoins i'y suis demy porté
Par vos propos pleins de ciuilité,
Mais dites-moy le nom du personnage.

Crisis.

C'est Partenis, comment, vostre visage
Semble changer se refroignant soudain,
Dites Hermon, l'auez-vous à dédain?

Hermon.

Non Crisis, non, ce n'est ce qui me pique,
Vne douleur d'vne rude collique
Subitement m'est venu torturer,
Dieux! qu'est-ce-cy ie ne sçaurois durer,
Quelle douleur m'époinçonne le ventre,
Excusez-moy s'il vous plaist, si ie rentre,
Dedans vn iour nous nous pourrons reuoir,
Où vous feray ma responce sçauoir.

Crisis.

Adieu Hermon, le clair fils de Latonne,
Dans peu de temps la santé vous redonne:
Ce mal soudain dont si fort il se plaint,
Comme ie croy pourroit bien estre feint,
Il garde encor au fond de son courage
Vn vieil leuain de rancune & de rage,
Pource il nous faut auoir bon pied bon œil,
Ne faisant rien qu'auecques bon conseil.

SCENE III.

LEONITTE ET CRISIS.

Leonitte.

DE quelle humeur suis-ie ore possedée?
I'ay dans l'esprit incessamment l'idée
De ce Berger qui me vint l'autre iour
M'entretenir & me parler d'amour:
D'où vient cela qu'il m'a si tost changée,
Et sous ses loix si promptement rengée,
Lors qu'il me vint faire offre de ses vœux,
Ie l'eusse pris volontiers aux cheueux
Tant ie l'auois en haine detestable,
Pource qu'il est par sur tous variable,
Ce qui me fit bien loin le reietter,
Et son discours rudement contester:
Ha que i'ay peur qu'il ne m'ait enchantée,
Veu qu'à l'aimer ie suis ainsi portée,
Il le faut bien certes, car autrement
Ie n'en serois prise si chaudement,
L'amour qui naist sans aucun artifice
Dans nostre cœur si vitte ne se glisse,
Quoy qu'il en soit si veux-ie resister;
Mais quel Berger voy-ie se presenter?
Ha c'est Crisis, c'est luy mesme sans doute,
Ferme mon cœur ne te mets en deroute,
Sois genereux & ne te laisse pas
Ainsi gaigner aux cypriens appas.

Crisis.

Le Ciel benin me fauorise encore,
Me faisant voir la belle que i'adore,

Bien que i'en sois dédaigné rudement,
Se figurant par trop legerement
Que mon amour ne sera de durée,
Si belle, si, soyez-en asseurée,
C'est tout de bon que ie vay vous aimant,
Ie vous seray certes loyal amant.

Leonitte.

Qui peut vous croire apres que vos paroles
Par tant de fois n'ont esté que friuoles.

Crisis.

Si vous voulez ie m'en vay attester
Pour ce subiet le pere Iupiter.

Leonitte.

Oncques il n'a chastié les iniures
Des amoureux volages & pariures.

Crisis.

Hé bien mon cœur faisons donc autrement,
Esprouuez-moy quelque temps fermement,
Par ce moyen vous aurez connoissance
Si ie vous aime auecques inconstance.

Leonitte.

Vous pourrez bien un temps dissimuler,
Afin qu'amour mon cœur vienne brûler,
Si de hazard il en a la puissance,
Puis aussi tost en ayant connoissance
Vous vous rirez & me quitterez là.

Crisis.

Croiriez-vous bien que ie fisse cela?

Leonitte.

Ouy, connoissant vostre esprit trop volage,
Dont mainte fille a receu de l'outrage.

Crisis.

Non belle, non, éloignez cette peur,
En vostre endroit ie ne seray trompeur,

Vostre beauté qui n'a point de semblable
M'empeschera d'estre plus variable,
A l'auenir ie seray plus constant
Qu'vn vieil rocher que l'onde va battant.

Leonitte.

Nous le verrons, mais attendant cette heure
Chacun de nous s'en aille à sa demeure.

SCENE IIII.

HERMON ET DEMONAX.

Hermon.

OR vieil amy que i'aime par sur tous,
Fidellement que me conseillez-vous.

Demonax.

L'occasion se presente fort belle
De vous venger de l'offence cruelle
De Partenis, puis que vostre couroux
Ne vous permet de le donner espoux
A vostre fille.

Hermon.

Et que faudroit-il faire.

Demonax.

Par le moyen d'vn puissant caractere
Que mon genie autrefois m'a construit,
Vostre ennemy sera bien tost détruit,
Voulant auoir vostre fille pour femme,
Sans qu'en sa mort vous receuiez du blasme.

Hermon.

Dites comment.

Demonax.

Dedans le bois prochain

Emprisonnons vostre fille soudain,
Et la faisons garder à deux Pantheres,
Que ie rendray plus fieres & coleres
Que leur nature, & cela sans danger
De vostre fille, aussi sans l'affliger
D'aucune peur, de plus ie sçauray faire
Qu'elle se plaise en ce lieu solitaire:
Or cela fait vostre feinte douleur
Dira par tout vostre insigne malheur,
Et vous pleindrez de ce qu'vn fascheux Mâge
Va detenant vostre fille au bocage,
Par l'art puissant qui commande aux Enfers,
Que pour briser ses inuisibles fers
Il est besoin qu'vn amoureux fidelle
Qui l'aimera, prenne le soucy d'elle,
S'auanturant de luy donner secours;
Lors Partenis de qui les tristes iours
Ne sont que nuicts, absent de vostre fille,
Hazardera sa puissance débile
Pour l'attirer de cet enchantement:
Mais ce sera son fatal monument
N'en doutez point, car ses bestes horribles
L'étrangleront de leurs griffes terribles.

Hermon.

Certes ie suis beaucoup vostre obligé,
Par ce moyen ie me verray vengé:
Or sus, allons sans tarder dauantage
Effectuer cet agreable ouurage.

ACTE IIII.

PARTENIS, CRISIS, DEMONAX, HERMON, VOIX DES DEMONS, LEONITTE.

SCENE I

PARTENIS ET CRISIS.

Partenis.

Ertes ie croy que l'auare Hermon,
Plus cauteleux qu'vn infernal demon,
Vous a baillé d'vne fine cassade
Vous ayant dit qu'il se trouuoit malade.

Crisis.

Il le peut bien : & ie m'en suis douté;
Nous en sçaurons en bref la verité,
Car sa responce il me doit faire entendre
Dedans ce iour, pource il nous faut l'attendre.

Partenis.

O que ie crains que sa vieille rançœur
Ne nous la rende amere de rigueur.

Crisis.

Esperez mieux, elle peut estre bonne.

Partenis.

Si le destin au contraire en ordonne,

Vous me verrez cruellement reduit
Au triste poinct qu'vn desespoir produit.

Crisis.

I'aimerois mieux que Hermon & sa race
Eussent desia chez Minos vne place.

Partenis.

Que dites-vous? faites exception
Du beau subiet de mon affection,
Car si le coup de la cruelle parque
La contraignoit de descendre en la barque
Du vieil Caron, certes bien tost aprés
Mon chef seroit couronné de cyprés.

Crisis.

Auriez-vous bien vne ame si peu forte
De vouloir suiure vne maistresse morte?

Partenis.

Ce ne seroit foiblesse, mais grandeur,
Qui sent du tout sa genereuse ardeur,
Pour se donner vn trespas magnanime,
Il faut auoir vne vertu sublime.

Crisis.

Cela prouient plustost de lascheté,
Et d'vn esprit aisément surmonté
De son malheur, que d'vn braue courage
Qui constamment va surmontant l'orage,
Que nous émeut le couroux forcené
D'vn sort fascheux contre nous mutiné:
Celuy qui fuit & quitte la bataille
Est vn poltron qui ne fait rien qui vaille.

Partenis.

Ce neanmoins tant de braues Heros
Sont deualez franchement chez Minos,
Pour euiter le reuers de fortune
Qui leur estoit sans relasche importune.

Crisis.

Telle action ne sent point sa vertu,
Le nom d'Heros à grand tort ils ont eu.

Partenis.

Mais n'est il pas beaucoup plus honorable
De trespasser que d'estre miserable?

Crisis.

En resistant à nostre auersité,
Cela sent plus sa generosité
Que de dompter une puissante armée
Du feu de Mars ardamment allumée.

Partenis.

Il est aisé de faire du vaillant
Quand l'ennemy ne nous vient assaillant:
Mais vous Crisis qui faites l'heroique,
Pourriez-vous bien mettre un iour en pratique
Vos beaux discours, releuez iusqu'au Cieux.

Crisis.

A tout le moins ie sçay bien que les yeux
De Leonitte, encores que ie l'aime,
Ne m'enuoiront le coup de la mort blesme,
Sinon celuy que l'on sent doucement
D'un amoureux & cher embrassement.

Partenis.

D'un pareil coup, mon ame transportée,
Voudroit mourir auecques Philistée,
Mais i'ay bien peur que mon trop mauuais sort
Au lieu de luy ne me donne la mort
Qui met le corps sous une tombe obscure.

Crisis.

Vous n'aurez pas une telle auanture
S'il plaist au Ciel.

Partenis.

Si ie n'oy brefuement

Vne nouuelle à mon contentement
Ie suis du guet, ie n'ay plus d'esperance.

Crisis.

Bon cœur, i'auois perdu la souuenance.

Partenis.

De quoy.

Crisis.

D'vn mot de qui i'ay bon espoir,
Hermon me dit qu'il nous falloit reuoir,
Pource ie vay sans tarder dauantage
Encor chez luy faire vn second voyage.

SCENE II.

DEMONAX, HERMON, ET LES DEMONS.

Demonax.

DEmeurez-là prés cet arbre écarté,
Et ne soyez de rien épouuenté,
Moy cependant ie vay faire vn grand cerne
Pour coniurer les demons de l'auerne.

Hermon.

Ie crains desia, le cœur me bat au sein,
Ie pourrois bien tirer le long soudain,
Dieux qu'est-ce-cy i'ay l'ame toute émeuë,
Ie ne sçay quoy se presente à ma veuë.

Demonax.

Point, rien du tout, c'est vne impression
Que va causant vostre apprehension,
Vous ne verrez aucune affreuse image,
Tant seulement vous orrez du langage.

Hermon.

Pourriez-vous point m'empescher d'auoir peur?

Demonax.

Il faudroit donc refondre vostre cœur,
Chose qui n'est certes en ma puissance,
Mais vous pouuez auoir en moy fiance
Que vous n'aurez le moindre petit mal
D'aucun demon ou phantosme infernal.

Hermon.

Or sus, allez parfaire vostre office.

Demonax.

Puissans demons à qui maint sacrifice
Ie vais offrant de moutons & de bœufs,
Ores soyez ententifs à mes vœux,
Quittez d'Enfer les abismes horribles,
Venez icy mais soyez inuisibles,
I'ay quelque affaire à vous communiquer.

Voix des Demons.

Ayant ouy ta voix nous inuoquer,
Nous te venons trouuer en diligence,
Que nous veux-tu?

Demonax.

Plutonienne engence,
Quelqu'vn de vous s'enuole dans les airs,
Prenant sa route aux Affriquains deserts,
Et paruenu dans ces lieux solitaires,
Nous en ameine vn couple de Pantheres.
Qui n'ait son pair en horreur & fierté,
C'est pour garder vne ieune beauté
Dedans le fort de ce proche bocage,
Pour la sauuer d'vn certain mariage:
Or sus allez, & ne retardez plus,
Vous de retour vous sçaurez le surplus.

Voix des Demons.

Pour t'obeyr plus viste qu'vn tonnerre
Nous allons droit en l'Afriquaine terre.

Demonax.

Allons Hermon, allons tout en est dit.

Hermon.

Teste de bœuf quel est vostre crédit
Enuers Pluton Roy des royaumes sombres?
Il vous enuoye à point nommé ses ombres,
Ce coup d'essay qu'ores ie vien de voir
De mon dessein me donne bon espoir.

Demonax.

Vous en aurez en bref l'ame contente,
Car croyez-moy, d'affaire ie ne tente
Que ie n'en vienne en peu de temps à bout,
Par le moyen de mon art ie puis tout,
Hors mis le poinct de redonner la vie,
Quand le cizeau d'Atropos la rauie.

SCENE III.

LEONITTE, PARTENIS, CRISIS.

Leonitte.

O Dieux, ô dieux le malheur nompareil!
O quel prodige étrange & plein de dueil,
I'en suis encor tellement épeurée,
Que ie ne croy me voir bien asseurée
Que ie ne sois au logis de retour,
Car en ce lieu ie n'aurois nul secour,
N'apperçeuant ny Berger ny Bergere
Qui m'assitast s'il estoit necessaire.

Partenis.

Si, Leonitte, en voicy deux qui sont
Pour vous donner vn secours assez prompt
S'il est besoin; mais dites nous de grace
Quel déplaisir se lit en vostre face?

Leonitte.

Las vn bien grand que voulant raconter,
Ie sens tout court ma langue s'arrester,
Tant ie me trouue encores étonnée.

Crisis.

Pourroit quelqu'vn vous auoir mal menée?
Dites qui c'est, puis me laissez le soin
De le punir.

Leonitte.

Helas il est bien loin,
Pour l'attraper il vous faudroit des aisles.

Partenis.

Vous nous contez de fascheuses nouuelles.

Leonitte.

Bien plus encor que vous ne pensez pas,
L'on a rauy ma Philistée, helas!
Que ne m'a ton aussi fait le semblable,
Pour la suiuir compagne inseparable.

Partenis.

Que dites-vous? est ce pour m'esprouuer?

Leonitte.

Helas nenny, ie l'ay veuë enleuer
Par vn vieillard à la teste chenuë,
Qui vole en l'air monté sur vne nuë.

Crisis.

Ce pourroit bien estre quelqu'vn des dieux,
Brûlé du feu qu'elle porte en ses yeux,
Comme autrefois Iupiter & Mercure
En ont rauy déguisant leur nature.

En forme humaine, & comme fit aussi
Pluton le dieu du royaume noircy.

Partenis.

Bien qu'en oyant reciter cet encombre
Ie sois saisi de déplaisirs sans nombre,
Ie vous supplie en deux mots seulement,
Racontez-moy ce triste éuenement.

Leonitte.

Ie le veux bien. Estant dedans l'herbage
Prés nos troupeaux sous vn chesne à l'ombrage,
En vn instant est paru deuant nous
Vn grand vieillard vêtu d'vn habit rous,
Lequel poussé d'vne audace effrontée
Est venu prendre & rauir Philistée,
Puis tout soudain sur vn nuage pers
Comme vn milan est volé dans les airs,
Où le voyant, non sans en estre émuë,
Incontinent i'en ay perdu la veuë
Et ne puis dire en quelle part il est.

Partenis.

O dieux, ô dieux que cela me déplaist,
Allons Crisis, allons à la poursuite
En quelque part que s'adresse sa fuite,
Courons par tout pour nouuelle en sçauoir.

Crisis.

Allons amy, c'est bien nostre deuoir.

ACTE V.

HERMON, PARTENIS, CRISIS, PHILISTE'E, LEONITTE, DEMONAX ET HERMON.

SCENE I.

HERMON ET PARTENIS.

Hermon.

Oila venir mon homme à la bonne heure,
C'est de ce coup qu'il faut qu'il y demeure,
C'est de ce coup qu'il faut que mon couroux
Soit assouuy, mais mot, parlons tout doux
Qu'il ne m'entende, ains changeant de parole
Contrefaisons ceux que le dueil désole:
Est-il encor en ce vaste uniuers
Aucun mortel à qui le sort peruers
Soit comme à moy cruel, inexorable,
En me rendant dessus tous miserable.

Partenis.

Vous n'estes seul à resentir l'ennuy
Dont le destin vous afflige auiourd'huy,
Ie participe à ce fascheux dommage,
Et comme vous ie me pleins de l'outrage,
Mais quel remede y peut-on apporter.

Hermon.

I'en sçay bien vn qui l'oseroit tenter,
Mais il vaut mieux que ma fille demeure
Ainsi qu'elle est, qu'aucun pour elle meure,
Ou s'il ne meurt qu'il encoure hazard.

Partenis.

Pour l'assister ie n'auray point d'égard
A nul peril, dites ce qu'il faut faire.

Hermon.

Ha Partenis, il n'est pas necessaire
Que pour vouloir ma fille secourir
Vous vous mettiez en danger de mourir,
I'en sentirois vn déplaisir extrême,
Car ie vous tiens aussi cher que moy-mesme.

Partenis.

Vous m'obligez, mais d'autre-part ie veux
Donner secours à l'obiet de mes vœux,
Et si ie meurs en si belle auanture
I'iray content dedans la sepulture.

Hermon.

Amant parfaict, certes vous meritez,
Si les perils sont par vous surmontez,
D'auoir ma fille, ouy da ie vous la donne,
Croyant qu'ainsi le destin en ordonne.

Partenis.

Sans me tenir dauantage en longueur,
Et dans l'ennuy de ma triste langueur
En peu de mots dittes ce qu'il faut faire.

Hermon.

Il faut aller dans ce bois solitaire
Que vous voyez distant de cinq cens pas,
Où Philistée est prisonniere, helas!
D'vn faux vieillard qui tous les iours pratique
Pour faire mal la science magique,

Mais notamment il est mon ennemy,
Et ne me hait, comme on dit, à demy,
Subiet pourquoy le vilain detestable
Ores retient ma fille déplorable,
Qu'il fait garder par deux feres qui sont
La mesme horreur.

Partenis.

Ie n'en seray moins prompt
A l'aßister, sans tarder dauantage
Venez-en voir l'asseuré témoignage.

Hermon.

Ie n'oserois, ie n'en ay pas le cœur,
Mais ie m'en vay inuoquer la faueur
De Iupiter qu'il vous vueille conduire,
En vous faisant ces deux bestes détruire,
Et ramener saine & sauue vers nous
Celle de qui ie vous destine espous.

Partenis.

Ou l'vn des deux, ie mourray sur la place
Ou ie vaincray de ses bestes l'audace,
Adieu Hermon, souuenez-vous de moy.

Hermon.

Ha mon enfant que ie souffre d'émoy!
Apprehendant quelque triste disgrace,
Cher Partenis, las! que ie vous embrasse:
Il est ià loin, si ie ne me deçois
Ie l'ay baisé pour la derniere fois:
Ha ie le tiens, il sera fait la proye
Des animaux, dieux! que i'en ay de ioye,
I'en saute d'aise, & suis fort allegé
De ce qu'en bref ie vay estre vengé.

SCENE II.

CRISIS ET PARTENIS.

Crisis.

VOstre dessein est par trop temeraire,
Cher Partenis, il vous en faut distraire,
Patientez sans rien precipiter,
Quelque moyen se pourra presenter
Moins perilleux, iamais vn homme sage
N'entreprend rien qu'auecques auantage.

Partenis.

Vn grand peril fait par tout redouter
Celuy qui peut le vaincre & surmonter.

Crisis.

Quand malgré nous le destin nous engage
Dans les perils, il faut d'vn grand courage
Leur resister, lors celuy qui le fait
Est renommé comme vn homme parfait,
Mais s'y ietter sans qu'il soit necessaire
Ne sent sinon qu'vn esprit temeraire:
Ains bien plustost vn pauure malheureux
A qui le Ciel estant trop rigoureux,
Vaincu d'ennuy lasche se despere,
Et veut mourir pour finir sa misere.

Partenis.

Le vray subiet de qui ie suis porté
A ce dessein, c'est la necessité,
Partant ie suis selon vous excusable:
D'ailleurs ie fais vne œuure charitable
De m'employer à mettre en liberté
Celle qu'on tient contre toute équité,

Crisis.

Crisis.

Charité doit commencer par soy-mesme.

Partenis.

Las c'est bien moy que la belle que i'aime,
Amour m'unit à ses graces si fort,
Qu'on ne m'en peut separer qu'à la mort,
Parquoy souffrez, sans plus me contredire,
Que de ces fers vaillamment ie la tire.

Crisis.

Attendez donc ie veux vous assister,
Nous pourrons mieux aux Feres resister.

Partenis.

Non, cher amy, ne prenez cette peine,
En ce combat vostre assistance est vaine,
Car le decret de cet enchantement
Porte que moy combatte seulement.

Crisis.

Si vous voulez que ie ne me hazarde,
A tout le moins que de loin ie regarde
Vostre duel, ie iugeray des coups,
Accordez donc que i'aille auecques vous.

Partenis.

Ie le veux bien, si mon destin ordonne
Que celle-là qui iamais ne pardonne,
Aille priuant de lumiere mon œil,
Vous aurez soin de me mettre au cercueil.

SCENE III.

PARTENIS, PHILISTÉE, CRISIS, LEONITTE, DEMONAX ET HERMON.

Partenis.

I'Ay si bien sçeu iouër mon personnage,
Que ie viens seul m'exposer à la rage
Des animaux qui, plains de cruauté,
Gardent l'obiet de ma felicité.
Mais il me faut vser de diligence,
Que mon amy n'apprenne mon absence,
Car s'il l'apprend il ne tardera pas
A me suyuir & marcher sur mes pas,
Pourquoy gaignons promptement le bocage:
Dieux ie les vois ! qu'ils ont l'aspect sauuage,
Ce n'est qu'horreur, leurs furieux regards
Sont penetrans comme fléches & dards:
Ce neanmoins leur effroyable audace
Dedans mon cœur ne faict naistre la glace,
I'ay bon courage, allons les attaquer,
Non, attendons il nous faut inuoquer
Premierement la puissance diuine:
Dieux eternels deuant vous ie m'incline,
Pour supplier vostre saincte bonté
Que ce peril par moy soit surmonté,
Que i'en reuienne auecques cette gloire
D'en auoir eu brauement la victoire:
Or sus, allons auec ardeur d'esprit,
Alte, ie voy ie ne sçay quel escrit.

Il lit les vers suyuans.

Cette Bergere est icy destinée,
Non seulement l'espace d'une année,
Mais iusqu'à tant qu'un amoureux Berger
Pour l'en tirer encoure le danger
D'estre défaict par deux horribles bestes,
Qui pour l'assaut sont tousiours toutes prestes.

Partenis.

Cela va bien, ce combat m'appartient,
Car Cupidon en ses liens me tient,
Pour la beauté qu'on void en Philistée,
Qui dans ce bois ores est arrestée,
Ha ie la voy, ie contemple ces yeux
Aussi brillans qu'une estoille des Cieux:
Phares d'amour vostre aspect fauorise
D'un doux regard cette mienne entreprise.

Philistée.

Quelle fureur vient vos sens agîter,
Qu'elle vous faict ainsi précipiter?
Retirez vous Berger ie vous coniure,
Et ne tentez cette rude auanture.

Partenis.

Tout en est dit, ie veux vous retirer,
Ou deuant vous brauement expirer:
Sus à l'assaut, venez bestes cruelles,
Ie veux rauoir ce miracle des belles.

Combat horrible entre Partenis & les Feres.

Crisis.

Ha Partenis, vous pensiez donc sans moy

Tenter tout seul ce combat plein d'effroy?
Non non, i'auray ma part à vostre gloire,
Ou bien i'iray dans le cocyte boire:
O fiers demons du manoir stygieux,
Las il est mort, ô cas prodigieux!
Or sus vengeons son trespas magnanime,
Viure apres luy ce me seroit vn crime.

Second combat entre Crisis & les deux Pantheres.

Leonitte.

O quelle horreur se presente à mes yeux!
C'est le combat cruel & furieux
De Partenis auecques les Pantheres,
O dieux puissans, celestes, debonnaires,
Preseruez le de l'horrible fierté,
Ha c'est Crisis, l'autre est ià surmonté,
O dieux, ô dieux voilà Crisis de mesme,
Bouleuersé, le visage tout blesme,
Las! il est mort, il l'est asseurément,
Ie ne voy plus en luy de mouuement:
Pauure Crisis, las que ie te regrette,
Car ie t'aimois d'vne amitié secrette,
Toy de ta part tu m'aimois ardamment,
Le tesmoignant assez ouuertement,
Pourquoy ie veux de ton amour éprise
T'accompagner en la plaine d'Elice:
Or sus allons sans plus deliberer,
Fiers animaux venez me deuorer.

Philistée.

Que faites-vous ma chere Leonitte?
Helas pour dieu retirez-vous bien vitte,
Ne vous perdez sans qu'il en soit besoin.

Leonitte.

De viure plus i'ay perdu tout le soin,
Puis que celuy de qui i'estois cherie
De Lachesis a senty la furie.

Philistée.

Du desespoir l'effroyable transport
La faict courir aux griffes de la mort,
Secourons là, faisons nostre possible,
O dieux, helas elle tombe insensible!
Las s'en est faict son poux vient de cesser:
Or sus comme elle il me faut trespasser,
Deuorez moy Pantheres furieuses,
Et m'enuoyez aux riues oublieuses:
Hé qu'est-ce-cy? comment vostre fierté
En mon endroit se tourne en priuauté,
Vous me flattez, non non bestes cruelles,
Ie veux suiuir ces amoureux fidelles,
Ie veux mourir, voicy voicy dequoy,
Ce vieux rocher va finir mon émoy,
Ie vay grimper au plus haut de son faiste,
Et puis en bas i'élanceray ma teste;
Or me voicy maintenant au plus haut,
Bon cœur, bon cœur, sans peur faisons le saut.

Hermon.

Ie m'en vay voir si mon fier aduersaire
Est deuallé dans l'infernal repaire:
O quel plaisir possedera mon cœur,
Si ie m'en voy ce iourd'huy le vaincœur,
Bon, ie l'aduise, à tout le moins par terre,
Il est troussé, la mort les yeux luy serre,
Que ie iouys d'un grand contentement,
I'en vay sauter trois sauts ioyeusement:
Mais qu'est ce-là? n'en voy-ie pas encore
Deux qui sont morts, helas ie les deplore,

C'est Leonitte & son Crisis aussi,
Ha dur renfort de mon cruel soucy,
Ma chere fille est en leur compagnie,
O Demonax tout plein de felonie,
Pourquoy meschant as-tu cruellement
Precipité ses iours au monument!
En quelle part es-tu maudite engeance,
Que de sur toy i'exerce ma vengeance;
Sus sus, cherchons, si ie le puis trouuer,
De ce cousteau ie m'en vay le creuer,
Ie ne voy rien, las ma recherche est vaine:
Or sus mourons pour finir nostre peine,
Vitte, montons dessus ce vieux rocher,
Et nous laissons en terre trébucher,
Adieu Soleil, adieu belle lumiere,
Ie vay passer l'infernale riuiere.

Démonax Magicien.

Vn repentir me va tiranisant
D'auoir esté laschement complaisant
Au vieil Hermon, mille fois plus barbare
Que les esprits de l'horrible Tartare,
Si ie n'auois encore le moyen
De reparer ce mal, & faire bien,
Le déplaisir qui maintenant me blesse
Termineroit le cours de ma vieillesse,
Mais y pouuant du remede apporter,
Dessus le lieu ie me vay transporter:
Ho quelle veuë, en voicy bien par terre,
Diroit on pas que le Dieu de la guerre
Auroit icy terminé ses discords?
Or approchons & faisons nos efforts,
Releuez vous Bergere Philistée.

Philistée.

D'où viens-ie, helas pauure déconfortée,

Suis-ie viuante, ou si plustost ie suis
Dans le seiour des auernalles nuits?
Est-ce Caron que cette barbe grise?
Viens me passer dans la pleine d'Elice,
Dépesche-toy, vien vitte nautonnier,
Pour ton tribut ie te paye vn denier.

Demonax.

Ie ne suis pas celuy qui dessus londe
De Lacheron conduis en l'autre monde,
Ceux que le fer de la sourde Atropos
Y faict aller deuant le vieil Minos,
Mais bien ie suis Demonax, qui desire
Vous deliurer maintenant de martire,
Et ces Bergers & cette fille aussi,
De qui l'amour le courage a transi;
Sus leuez vous, regardez la lumiere
Du beau Soleil finissant sa carriere.

Partenis.

Dieux qu'est-ce-cy, suis ie ressuscité?

Crisis.

Donc derechef ie reuois la clarté!

Leonitte.

Ne viens-ie pas des riues du cocyte?

Crisis.

O mon amour, ma chere Leonitte.

Demonax.

Non non Pasteurs, iamais ceux qui sont morts
De Lacheron ne repassent les bords,
Tant seulement certaine défaillance
Vous détenoit comme morts sans puissance,
Or ie vous rends à chacun la santé,
Mais escoutez quelle est ma volonté:
Sçachant combien le mignon de Cyprine
Chacun de vous à son plaisir domine,

Ie suis d'aduis qu'vn hymen desormais
Icy vous ioigne ensemble en douce pais.

Partenis.

C'est mon souhait, ô pere venerable.

Crisis.

Et moy ie l'ay certes bien agreable.

Demonax.

Qu'en dites-vous Bergeres.

Philistée.

Quand à moy.
La volonté de mon pere est ma loy.

Demonax.

Pour le present le bon homme repose,
Et ne sçauroit vous en dire grand chose,
Le voyez-vous?

Philistée.

Las ie croy qu'il est mort.

Demonax.

Non, ne craignez, tant seulement il dort,
Oyez il ronfle.

Philistée.

Esueillez-vous mon pere,
Il ne respond, ô doleur, ô misere,
Las que feray-ie, il ne respire plus,
Il a passé les infernaux Pallus.

Demonax.

Esperez mieux & ne soyez faschée,
Son ame au corps est encor attachée,
Mais si ie veux mon secours luy nier,
C'est faict de luy, ce iour est son dernier.

Philistée.

O Demonax, me voilà prosternée
A vos genoux chetiue infortunée,
Ie vous supplie ayez pitié de luy.

Demonax.

Or sus ie veux terminer vostre ennuy,
Mais ie desire apres pour mon salaire,
Qu'à Partenis vous ayez à complaire,
Cela s'entend qu'il soit vostre mary.

Partenis.

O doux obiet qu'ardamment ie chery,
Mais bien plustost qu'idolatre i'adore,
Vostre secours de tout mon cœur i'implore.

Leonitte.

Sans plus songer, compagne respondez,
Et ce qu'il veut franchement accordez,
Vous ne pouuez certes moins reconnoistre
L'excez d'amour qu'il vous a faict paroistre.

Crisis.

Vn plus ardant ne se pourroit trouuer,
Vouloir mourir afin de vous sauuer.

Philistée.

Certes ie suis beaucoup son obligée,
Pourquoy i'aurois l'ame bien affligée,
Si le couroux de mon pere obstiné
Continuoit contre luy mutiné.

Demonax.

Ne craignez point, ie sçay bien la maniere
De le forcer d'accorder ma priere,
Venez en voir l'experience tous,
De bout Hermon, debout, releuez-vous.

Hermon.

Ha beau soleil que tu m'es agreable!
Ie viens d'vn lieu grandement effroyable,
L'on n'y voit rien que d'horrible & de noir,
Ie croy que c'est le stygieux manoir.

Demonax.

C'est-il Hermon, n'en ayez point de doute,

Dans peu de temps vous irez cette route,
Si deuant nous, mais tout presentement,
Vous ne donnez vostre consentement
A Partenis d'espouser vostre fille.

Hermon.

Tres-volontiers, en eusse ie deux mille,
Fort librement ie les luy donnerois,
Bref tout mon bien plustost ie quitterois,
Que d'estre faict de ce lieu noir la proye.

Demonax.

Or sus, or sus, apres l'ennuy la ioye,
Approchez-vous Crisis & Partenis,
Sous Hymenée ores ie vous vnis,
D'vn fort lien auecques ces Bergeres:
Adieu, viuez affranchis de miseres,
Moy cependant ie vay quelque autre part
Faire admirer le pouuoir de mon art.

FIN.

www.ingramcontent.com/pod-product-compliance
Ingram Content Group UK Ltd.
Pitfield, Milton Keynes, MK11 3LW, UK
UKHW022140190726
13855UKWH00003B/1254

9 782013 070089